遺棄されたものたちのドローイング

増田秀哉

書肆子午線

目次

装幀＝清岡秀哉

遺棄されたものたちのドローイング

ダブルシャイン

「ぶつぶつと水銀へ」が感染している、滴り落ちる星辰のセルライト化を見届けるのはお前たちだがわたしたちはいつまでも金色の椅子を拭うシャッフルだ、それでもシャインと名づけられた仔犬の精神で毛づくろいされたがるのはなんでなんだろう

「あの反対車線にいる負傷者と余生を過ごしたい。藪蛇さん、頼むからＴＯＫＹＯ ＦＭとハムストリングスを切って」

すでにぶちまけられたカップヌードルをアンダーヘアにしてシャンプーハットを被って縊死したところでだれも笑ってくれない、「掃除婦」だの「父なし子」だのと書いて匿名で手紙を送ってくるのやめてくれないか消化に悪いから、〈トテモタイヘンダ〉が逆張りで散財するポートレイト、私有地か

らはみ出るほど繁茂させて、誰にも悟られないまま失恋している
「ヌキサシならぬ延長戦」ですか、ええテレビで見ました、口から河川が溢れ出して止まらないです、ノイズキャンセリングされた家族を思うだけで一つの星が台無しになる、夢ではゲテモノを食べている、見返りに金がほしい

「壁の亀裂一つ一つを数え上げて、お前はくだらない修繕しかしないのだろう」ではじまり、「存在論的豚しゃぶだわ」のダメ押しで会話を完成させる、正確な意味を理解したものは肛門から真っ二つに裂ける、どうだ、低画質の処世術が毎晩届いてるか？　俺の仕業だよ、「モルタルのガブ飲みで一等賞をとるお前のことは尊敬できない、お前のことはシンケースイジャクよりもムカつかせる事象だと認識している」

たとえば耳元で囁かれる「チョキにはパーを、おとうさんにはおかあさんを」は笑える唄だったのか、泣ける唄だったのか、「君には犬の鼻先で死んでもらうよ」と変声器越しのスピーチが琴線に触れた2020年、マッシュポテトコムレード

息を殺したまま「あとは畜生にでもなれ」といった強さで、「スプラウトってなんですか？　あんな

もん食えるんですか?」とスーパーの店員に泣きすがりそうになる胸の薄さ、「幸い軽ワゴン車に轢かれるだけの人生でした」、ドミグラスレジームと名づけよう、さっそくビニールでシリーズ化されて店頭に並んだ、馬鹿にしてるんじゃない、これでも悔しいのだ

[留守番電話:1]
また居留守ですか、カラオケでもどうですか、「擦りむけたエターニティ」を流しながら陰嚢を鷲摑みしてくれませんか、こんなことは冗談だと思いたいのでしょうが、だめですよ、逃しませんよ、こちらでは全校生徒が個別的に破滅していっているのですから、目も当てられませんよ、わたしはピヨピヨという擬音語を学びましたが、まだ希望的観測を捨てずにいます

[留守番電話:2]
ベルメゾンでの生活も早十年になりました、今日はゴリラとの友情を想像してみました、悲しみはオムツにおさまりませんね、先日から火災のニュースが絶えません、なので下水についての覚書でも書こうかと思います、保守的な人と辛辣なジンギスカンでもやりませんかというお誘いですが、ごめんなさい、行けそうにありません、最近自分の体から異臭がするのです、ポルノばかり見て体重も減りました、このままだと変死体になりそうなので、イチかバチかでスイートピーを育ててみますね、で

はさようなら

書いているときだけ自由になれるやつと付き合うことはないよ、君はどう思う？　上は洪水、下は大火事、という状況にだれも耐えられそうにないけど、「いっそのこと中古バイクでも買ってバカみたいな音を出して逃げ回りたい」、そんな男は信用しないほうがいい、こちらはワンオペレーション・ミッドナイト・ユニオン、自分を責めることに慣れてしまったときはまた連絡ください

「新進気鋭の若手ゴミ収集員」のドキュメンタリーを見て心が荒れまくったから、「もう晩飯は近所のザリガニでいい」の退廃的技法へ、あと少しの、あと少しの、で耐える、耐えられない、多幸感をもっとばら撒いてほしい、向精神薬以上の、this is a very odd job、とりあえず業者を通して大衆に愛を語ろうか、ジャブから始めたほうがいいか、弱いよ弱すぎるよ、だれがだれの始末をつけるのか、爛れまくった背中をさすってくれ

わたしはフィラメントという名の寂しさを知っている者
そうだ、もちろん露出狂だ
青いビニールシートを大量に注文してほしい

テキストとはそういうものだから
末路にふさわしい買い物だから
ドロドロのビデオデッキに頭から突っ込めば
春もさっさと白状するだろう
ほら、これが巷で話題の肉汁ハンバーグだよ

「俺を主語にするようなやつは歴史的に野蛮だ」にざっと目を通して、芯から寒い、緋色のスパゲッティを非常階段に投げつける、「光ひと粒ひと粒にバッテンを入れていく単純作業　日給９０００円」のあとのとてつもなく長い廊下をひた滑って

いつも端っこに風を感じたのは勘違いだったたか、「疾駆」と書いた瞬間からアスファルトに顔から突っ伏す、「ここら一帯の物干し竿にはベージュばかりがぶら下がっているね」、かくいうあなたの顔も緑色の斑点が浮かぶだけのトリックアートのようですね、そうかい、「ヤングマン」ってなんのことだったんだ、口臭がひどくてすまないね

ナンバーワンと人差し指を突き立てるタレントにでも殴られたら根本的に意識も変わるのかもしれない、それを転向と呼ぶのかもしれない、どうせなら悪手を打って

「君ならどうする?」
「電線に猿を走らせるよ」

ほらそこ、ひとりで回復するな、なんでどいつもこいつも詐欺師みたいな面なんだろう、と中肉中背は考える、そういった光の避妊をやらかす日付のない祝日がざらにある、故障した頸動脈を片手で支えて歩き回れば、ゲンナマの呟きが、嘆きが、戯言が、あとは酒とセメダインも、まごころも、足の早い生鮮食品と一緒くたになって、だから突拍子もなく笑い出すこともあった、いまはただKeep dyingと刻まれたゴールデンラベルを額に貼って、ひたすら承認のない貧窮と途方もない共犯を抱えたままハットトリックを決めていた

キョンシー

思い切って地平線を消してしまう、その残像の手前で後頭部に刺さる「ちくわを咥えて何様だ」、障害なのだと理解する、この身の幅、この身から出た着丈、お前はどうせお前はどうせ、はあ、指一本でdeep blueを黙殺できると思う、泥濘もほの眩い破滅のシュミーズ

「エビ、アボカド、ラブソング」を噛む、噛みまくる、その醜悪な形態、そして悲愴の先端に頬杖をついている、秒刻みで現象してくるもの、すべてにリコールを要求する、アロマセラピー眺望0の夜明けがくる

隣人から隣人へと白濁する、石鹸の減りが早すぎる、「あと一杯だけ」、最低な男だ、朝から晩まで、死人とのライフライン、脱アイドル化宣言に耳が凍えるまで、「ハルカ、聞こえますか?」、物理的な

ダメージは波音で掻き消えはしない、鼻声の教祖は陰で「脳線虫スライミー」と呼ばれていた、無と雨とパックマンと茸、「前科は淫律です」とカミングアウトして、頭蓋の裏で転倒する気分はどうだ? 巷では冴えない長男ということで通っている、「エンドロールは血塗れで見られなかったよ」、新時代のぶら下がり健康器! 自分さえ救えませんが、どうすればいいですか、朗報待ってます

ギザジュウよりも価値があるのかどうか、あなたの口から直接聞きたい、一筋の「iii」を辿る悪癖が直らない、「死にたい、まじで」の倒置が生活をレイプしはじめる、それで「中産階級のお手軽なメロディーライン」が完成するわけはないが、変な動きだけを直視して、「後ろから一気に」、ほら泣き顔で笑ってみろよ、胸糞悪い正確さだけが本物だ

ムヒってなんにでも効きますか、下腹部ガラス化という症例のことをなにか伺っていますか、軍手のツブツブが蕁麻疹に見えはじめて以来失禁しています、『愉快なピンクサナトリウム』のワンシーンが延々と反復されるような日には、ランチパックを暴食してピコピコハンマーで自害したくなる

《ぼくの薄情な皮膚に、『ザマアミロ』のタトゥーを……》

あの古びたルミエールで落ち合おう、原色のネオンが一生を無駄にしているところだ、「我慢しろ

痩せろ　楽しめ」、このような無理を通すには常温の酒をあおり続けるしかない、マナティーの沈没を拝もう、ヨードチンキを泳ごう、誠心誠意が小さなナップサックに納まりそうだ、がに股で嫁ぎにゆく姿がメニューに並びそうだ、恥ずかしい、もっと収入を減らそう、冷えきった夜に海パンを小脇に抱えて、前のめる姿が好きだよ、「どこもあかあかと燃えていた」と嘯いたっていい、ふざけるにも適切な季節がある、酢豚だけは絶対に許さない、「ゆっくりと虚言、徒に虚言」を標語にして、真っ白な壁に擬態して、ハイフネーション、戦後からわたしへ、トロッコで向かうよ、異性は壊滅した、十字路での爆竹は美しいのかも、右目も左目も悲しい、ケースバイケース、あとは救命救急センターにまかせる、なんじゃこりゃなんじゃこりゃ、タウンワークを丸かじりすればいい、〈われわれは、ピトン?〉、並の「連呼」では鬱を抑えられない、久しぶりに優しくなりたい、さよならは平等に与えられていないから、特殊メイクみたいなものだから、家がクシャミで吹き飛ぶコミック、レントゲンに写らない微笑みで、コオロギでも食べたら?　ますます狭まる路地で、猫が一匹ずつ消えた、直進も消えた、芳香剤がバカ売れした、老後は「テーブルコショウ」さえあればいい、そう言って黄色い顔になった人がたくさんいた、「未来の同類」は恐ろしい、再び光らない?　朝が爆死する!　死ぬほど公平じゃないか、「自宅でできる即身仏!」は暗唱されている、キョンシーが飛び跳ねる、息つぎを、応答せよ、食べられないパンってなんなんだ、駅前で溺死したくない、首都高電撃戦の編制に失敗して、今日という日を分別処理できない、傷口から直下に、平泳ぎで向かいます、願ってもない分岐の拡張

Sturgeon

昨日はわたしのせいで雨が降らなかった、今日はわたしのせいで雨が降っている、空間と時を同じくしないわたしたちはファニー、脇腹に刺さってる、骨の始末のこと全然わかってない、座右の銘なんて死ぬほど嫌いだった

生き延びると生き抜く、その溝にチョウザメグレーを塗りたくって

現代のわたしなぞは顔を鏡面仕上げにして、サブ垢で闘うんよ、濡れ場を失くして、蛇口と接吻する姿、馬鹿にしないでほしいけど、来世は観音開きになってお前のこと絶対に幸せにするから

ふいにしていた、いまだかつてない、ペイズリーが、あれもこれも慎重に包んでくれるさ、年収は内

緒にしておいて、名は陣風が消し去る、あいつよりはましなのかもと、口走る時に舌に残る味、ちゃんと覚えておいてください、一匹一匹のビオトープ、ささくれだって、クズはクズで酸素が巡った、2000年代の守護神は泡吹いてなにしとんねん、たかだか数年の付き合いで突然傘で喉を刺してくるお前のこと、理解できるわけはないが、中華そばが390円で俺の詩はいくらだと、猿のような声を発してそれが多様性だと断言できる、アルコール立ち昇る皮膚を炎天が舐めてくれるから、ただただ「銭が整った、今すぐ来い」とポニーに乗れるなら乗って、もずく酢のこともっと喧伝してくれ、「半か丁か」それがどうした、死ぬことが特徴的ならなんでもよかった、長ネギを凶器とするわたしのノワールは、神経にべたべた触れつづけ、より抉れてるのは、わたしなのか、あなたなのか、父、母、子の泣き顔は三者三様で、鋭利な交差点に耐えられそうにない、わたしのミントグリーンのポリティクス、そしてお前はお前のやり方で水道水に沈めばいい、お前にお似合いの浴槽があるんだ、粗末な道場でなりふりかまわない雪を演じてるが、氷点下でバットを持って目隠しして自転していること、どうしてくれるんだ、土壇場でもひとりって、どういう意味なんだろう、くしゃみと吐き方がうまくなって加藤茶みたいだね、スズメバチが足を刺してくるからピョンピョン跳ね続ける、そういう宴なのか、「マホロバ」に熱々の餡をかけて、そういう宴なのか、危機に瀕するわたしは、まだ自分に酔い続けているのか、なら危機などと言うなよと、点描の怒り、なだめるものなく、誠意のないグルーミング、すごくきついです、ダメだよここは直滑降でいかないと、もっともっと目減りしたい、だからお前には口を空に大きく開けて待っていてほしい、目がギョロギョロでチャーミングなあの子は、数学が得意

だと豪語するビジネスマンが持ち帰った、わたしは源泉かけ流しのトラヴァイユに浸かり、テレビに
映る猫やパンダは軽蔑した、彼らは彼らで何かを目で訴えていた、乗っ取られる前に乗っ取る、この
原理に、ワクチンは、ワクチンのことは赤い手が知っている、来るべきわたしは別珍を羽織ってきょ
とんとしてはいけない

slaughtered birds

十年目の
はしたない主体と
失われた味覚
延々と
スクロール
だが
京浜東北線で
帰ってきた。

*

「ねえ、何がしたいの」
「必死に整えているだけさ」

*

鼻を一度啜る
気にするな
君に身なりなど
もうない

*

明日から夏が
転覆するから
よろしく

*

あれは
絶交したはずの
手垢だ

*

listen carefully
no one

*

水に溶けないものたちへ

*

ここから
口移しで
煉獄する

＊

そんなん
ちゃうねん。

＊

賽銭箱に
ぼろぼろ
爪が
こぼれる

＊

「パーマにしてくる」
「パーマはいやだな」

＊

トイレの空室を示すランプが
点いたり消えたりするのを
ずっと眺めていました

＊

腹を壊した
ヒカ、２つ

＊

○月○日
絶した風景

＊

SEIYU の壁に
「ユーリンチー」

＊

今日は燃えるゴミの日か
今日が燃えるゴミなのか

＊

なんや
ここも

グルメタウンか

＊

ひるは
ゆううつ
よるも
ゆううつ
ってなーんだ

＊

おーい
だれか
ゆうかいしてくれ

＊

スカイツリーに
テレパシーを送る

*

人の亡骸
の横で
ぱこぱこ
タバコ吸う

*

カレー粉をまぶせば
なんでも食える

*

明け方には
疣が見えますね
ええ、
たくさん

＊

心拍数をいくつか拾う
うっすら笑う
もう捨てている

＊

盆の窪から
移動する暗闇

＊

ゆざめてますか

＊

アカリ
という名の
目眩が

＊

平成初期のカメラに収めた
空き地の写真に
うたた寝する
指

＊

急に
ばかみたいに
口を開けて
若返った

＊

ウツボ、と三回唱える

＊

「おい、ほら鳩が交尾してる」

「ほんとだ乗っかってる」

「交尾崩す？」

「うん崩す」

*

日没に
ペテロ
なぜおまえなのか

*

真横にぶらさがるものたちへ

*

うたう夏
はもる夏
その一匙
薄いコーヒーに

ぶちこむ

*

「最低の一服を求めて」

*

真剣に泥酔しようか

新小岩のバラード

トラック一台分の不安材料が去来して虫も集って、「お元気ですか」、イイエ、これも楽して稼げる悲哀ですから人のいない奈落を股に擦りつけている、ベタつかない・貧しい・図々しい、「ブルーハワイに顔を埋めると内側が殲滅した」という青臭い美学は婚期を逃して滑落する、そしてお洒落な装いは端的に野蛮だ、薄いパンフレットはいらない、この末端でのフールアラウンド、五千円の限界集落、別言すればシミ・ヨゴレ・アカ

「小便絶対しないで下さい」の横でRest & Stayして以降クセナキス以外の音楽が聴けなくなった、なぜだろう、港湾部に逃げ惑う人から最も醜い動物を選び得体の知れない部位を洗ってこちらに、「吐きそうだ、愛してほしい」を願ってやまないのは、反り返って透明になって今宵も漂泊する、等間隔で発情する集会、ペトロール・オーバードーズ

快楽に身を委ねきれないのは、決してあなたたちのためではないという気持ち悪さを胸に刺繍して、申し訳ない、もう帰りたい、テキ屋は口角泡を飛ばして安いテロルの欠片を売ってほしい、自分になり代わってシャチハタも愉しんでくれる、その離反は裏切りではない慰安ではないと顔を必死に畳んで、歴史が音飛びしてる、胸の内にドロン、一人称がバイト先で覚えた雛形、すべて此処に添い寝してあげる、額装された人材が色褪せた唇で「やめておけ」、コールセンターには鳩尾に繋いでほしいと思う、不出来が画面いっぱいに広がればいいと思う、耳にはウスターソースをドバドバ注いで、だれかがだれかに「隣人への八つ当たりはやめろ」とドバドバ注いで、終わらないこと、終わらせてくれないこと、黄色は一番泣ける色だということ、だらだらと語ってやろうか

やがて幹線道路に倒れ込む総身が毛羽立ち、月曜日から金曜日まで不在のボイスレコードが毛羽立ち、土曜日はつましい全生涯の救済があり、日曜日はただただキモい増殖があります、プリーズ、スペシャルマッサージ、プリーズを叫ぶ喉に、深海を2ℓ注いで開闢する世界からよろしく言うよ

かつては技法と呼ばれたものが迫真のコントとなり
「ほらよ、望みの品だ、くたばれ」に
「わたし」は息を詰まらせて

「展望のない海」にやすやすと埋もれてゆくそうだ
「狡知に長けた交渉」でびしょ濡れの時代になるそうだ

今もなお借金抱えて、直立がバラードにもたれかかり
姿見に収まって、部分的に消しゴムで撫でられることもあった
そこからは悩ましい醤油の匂いがする

自分のことは自分が一番知っているなんて嘘に決まっているけれど、ふにゃちんの処理は自分でしろとも、本家本元に諭されていた、アホなのか、お前の憂鬱には債務がべったりだぞ、それをもらい煙草で返済する無理が課せられ、波打ち際で洗う長髪、増えるの、しんどいです、「古代」へは手練手管が激走し、若さはといえば、ついに桜の下では赤く染まってしまえ、改行は赤く染まってしまえと繰り返していた、ヒトヒトマルヨン、アホなのか、お前の憂鬱には債務がべったりだぞ

wanna be a kitchen drinker

殺気だつカラダにハザードマップを広げて、見込みのない地区を探している、浅瀬で本音を雪ぐと、急所が消失点から瓦解の音列、汗をかくだけで、なぜかすまないと思う、造花の吹雪を散らす黒子役、変拍子で潰走する

鯉も海水にぶち込んでしまえの見開きのなかで、シッカチーフを撒いたり、夜行性のかたちになったり、君は所詮、腹から浮き上がるだけの、毛を刈った絶滅危惧種を片っ端から召し上がっていくだけの、盲いた渚じゃないか、皮を一枚分剝いで、ホオジロザメを放流する、正味な話、友達には上の空のときだけ会いたい

ダックスフントの耳を持ち上げ「アイマイミーマイン」と囁いたあとの口のなかの粘つき、肘のかさ

つき、だれか診てくれませんか、診てください、ほら白昼に「ロブ錠」と落書きされた立派な豪邸が建つよ、テルミースロウリー、零年の床にこぼれた牛乳のこと、それを拭いたモップのこと、爆音で聞きたい、身悶えしたい、三半規管をチンすれば無限に開かれるワンルームだから、去り際にペロッと舌を出して、「ドブ底の青い空」を見に、アジフライが舞う、ナレノハテへ

ああナイスバディが降ってこないかな、「君には君の沈潜がある、そして僕には僕の沈潜がある」と堂々と宣言して平熱なんです、watashi M desu nen, motto nabutte kudasai, kimochi ee sakaini、AからZまで軟球の土砂降りか、鼻の奥までフェアでいてくれるのか、わたしは誹謗中傷に染まった天井にでもなればいい、ソープフルな未来を背負って、肌も隅々まで透き通る、俄然イカです、玉ねぎもじゃんじゃん転がっています、「ここまでです、ここからです」のメトロノームが階級に侵食

「表面やや下が痛切だ」

あたしのほうはどうだろう
あたしのほうは食べるのが面倒だ
もうほとんど嚙めへんよ
せやからお腹こわしてばっかで考えられへん

春雨を使った時短レシピ、どしどし送ってください

P.S. 料理を作りながら飲むとアル中になると聞きましたが、それは違うとわたしは思います。正確にはキッチンで隠れるように飲むとアル中になるのだと思います。そしてわたしはキッチンで隠れるように詩を書くようになってしまいました。だから食べ物も詩にたくさん出てきます。吉本ばななの『キッチン』読んだことありますか？　わたしはないです。これからのわたしをご笑覧ください。

虚のレッスン

非常口に頭を突っ込み、下半身は上場企業に蒸発、「無傷のオンデマンド」がグラウンドを走る姿、
二倍速で流して、爪垢からイントロドン、最悪だ、ゴム手袋に包まれた想いは、床ずれの「惨めった
らしい」素人肌にイカ墨を塗りたくって、身の処し方が壊れまくってる、「実に不愉快だよきみは」
うまくいったとかいかないとか、あと数名ぐらい排水口に吸い込まれたところでなんてことはないさ、
オービスに写るぼくらの幻影、この安上がりの駆足を、過呼吸とともに、マロニーの吐物とともに、
星に空売りし、ただ儚く散りまくった、毛の分量において起業する
奇声のシャワーを夜深くに
虫に食われたお裾分けをあなたに

わたしはスクイズで生還する不審者
傍線が捉え損なった亡びを咥えて
糊代でシンドロームする者たちの一人

六畳分相応の想像ではわんこそばを満天の星の下でがっついている、預金残高が増えてやさしくなれた気もする、気のせいだと思う、これからのことは知らない、これからのことは興醒めでしかないから

ああきみもか、きみも反社の生徒なのか、窓際で鼻糞を食べてるのか、わたしはゴマフアザラシの皮膚を思い浮かべて爆笑してる、「なんだかんだで幸せだよ」、そのなんだかんだがとっても怖くなって爆笑してる

ニッポンレンタカーで死にたい、そんな堕落のほうに流れて、コマ送りの哀れさ、滔々と語って、すっかり口角も暴落する分際なんです、あなたのアウトレットモールは、わたしだけに、わたしだけにはそっと、早くこれは夢だと言ってほしかった、耳打ちで、身の転売よ身の転売よ、吹き出物さえ出なけりゃ何してもいいって、なぜだ、教えてくれるか

「くっつくんか？」
「もうくっつかんよ」

飽きるまで傷を舐め合った、生臭いケアだと言って少し笑った、板ガムに歯型だけつけて捨てた、泣くほどのことじゃない、両手を高く挙げて降参すれば、リボ払いがお前を助けにくるさ

あなたがαなら、わたしはβだ、αとβはぶつかってdivorce、ただし実存的divorceは敵が不在だから政治的ではないとか言って、格下げしといて、あなたは発疹の里へ、わたしは20％ｏｆｆを貪り食う前人未踏へ

もうレトロモダンがそこまで来てる、完璧に受動的で、かえって最低なやつ、スカイブルーの顔で裏拍をとって、ナイスだねピッタリだね、うざったいよね、糸屑までくっついてきてたまんないね、「俺は、最善部が二槽式なんだ」

ところで海老の脳味噌すすってる？
まさか飽きたというわけでもないだろう、近親のワンダーランドが胸に沁み入るから、

I can't stop, you can't stop, he can't stop, she can't stop,

似たり寄ったりの治癒　別にいらんねん

逆区

軟骨組織から発達して、しんしんと降って
ダミー商会で働いている
雪白の生活圏より先にくる人の黄昏を真に受けていたから
便宜上狂っていたから

台所での正確な希釈にはもう慣れた
長い手足をもつ捏造の飛行物体になって
トリカブトの静寂に耳を澄ます
The Ambiguities という名のシューゲイザー
額突けば峰から崩れる魔法

アア、モウ、白色猥星
ほらリビングでぶっ倒れても痛くないだろ
悲惨な建築群を夢にまで見る縫製技術

泣く子も黙る労働に肩幅が広がって着脱可能に
ミリタリーコーデを抱擁しながら着脱可能に

遠くの街でわたしの身分が勝手に働いとけ
残飯の遠投がますます分母を消滅させて
京浜湾岸沿いで笑い転げる
なぜんななひゃくななじゅうななかいめの壊滅
そうだ
どう足掻いても批評は変数に絶望することになる

パレルゴンまだいるか
ピカレスクの町が果汁を搾って逆光に入る
軟膏を塗って開いていく嵐もある

「ああ、どうしても飼ったこともない犬が好きだ」

景観を待つぐらいなら景観を揉みしだいてから待つ
みな傘を差して、みな華奢で美しいのは気のせいだから
日付と日付がくっつかずにいるのはそのままにして
ドレンホースが唇の間に挟まって
えずいていること、お前も少しぐらいは知っているだろう

最後から二番目の男に
サムウェアを語って
荒みと好運のどちらも救ってくれるなら、
あとに残されたわれわれもきっと、いつか
陳謝激流の手水舎から浮いてこられるかな
カネボウの傘下に入ってしまうのかな
ムラサキツユクサは廃校で死ぬの？
そういったイメージがあるの？
それほど悲惨でもないよと慰めてほしい

叩き売りの激戦区でも助かると思ったのか
ほんとうになにもわかってないよ君は
なぜ冷暗所から太いモミアゲが生えてくるのか
一回泥水でも飲んでから出直してこいよ

想像力の荒廃だ、そういった峠だ、ぼくは片目を腫らして、あなたは別の目が奇妙な色に燃えて、黙示録の時間を不正受給し、これ以上は知らない、さしずめ風が吹け、とことん吹けと思う

踊るピンストライプ

わたしはシマシマで、口の周りには総動員のメリケン粉をなすりつけられ、
それからユニットバスがお似合いで、こんがらがった全身タイツに苦戦していればいい
あなたのほうでは知ったことかよと、
公文式で政治と性愛を学んでいるんですか、群青色に裂けて学んでいるんですか
オイルサーディンをじゃぶじゃぶ洗う喜び哀しみわからんの

「他人のパイパンばかり想像して、自分のパイパンが想像できない」

つまり、断じて、、、、断じて、、、、断じて、、、、が口の端に浮き上がって、
ヘリオトロープ四半世紀、この現場に残る指紋を総浚いする経験は、経験には、

「ずっと青い成分が降っていた」
そんなホラー映画を見た
時おり拍手喝采が起こった、つるつるの手によって起こった
そして次にはリノリウムへの殺意が来た

「どうせお前は鬼気迫る喘ぎ声が好きなんだろ」
「ああ」
「お前は虚業家か」
「俺はメモリアルフルスイングだよ」

俯けば俯くほど、首に余白が生まれ、吐息混じりの情状酌量さえうっとうしい、なーんだネゲロか、もう戻るところもないな、絶頂もないな、死んだマグロみたいな目をして、セミロングとシリカゲルの間でバウンド、エポキシ樹脂と灰汁の間でバウンド、「七味をぶっかける癖がやめられへん」、一つ目標があるとすれば、次日本に来るパンダには「残残」という名前を応募するということ、折り返し地点を無視してあらぬ方向にぶっちぎるみたいだ

どうやら穴という穴からカレーのルーのようだ

カレーのルーの君主のようだ

「あいつは結局フルフェイスをかぶりながら死んだようなものだよ」

わたしはシマシマで、あなたもシマシマで
みんなでよっしゃーか
なにがよっしゃーだ
ぐでんぐでんなのか
いまはそういうヒューマンステートなのか

ドライブスルー

お互い毒殺するまで人身寒々しい繁忙期に頭から入っていくようだ
陋劣なる薄墨を溶いて、輪郭を断ち切る姿、手鏡で覗いて、透きとおるまで覗いて

ミドルクラスファミリーカーを借りて、すぐ捨てて、期日まで
世界を分節する、その作法、３３３３回目の冬景色が届くまで、穴が空くほど
the age of one hundred years, the age of two hundred years, the age of three hundred years…

肺呼吸のムシキングを、掃いて捨てるほどある流出を
結んで開かれたし、毀誉褒貶に染まる革命の

限界まで連続自己破産の
このフランチャイズは
広義の曖昧さで凡百の思いを有するだろうか
ロードサイドに嗜眠する凡百の思いを
ブロークンハーに載せるなどして開かれたし

業火を割れた爪先に
唇をハイターに
セイ・グッバイ・トゥ・ユア・スポンサー

a gallon of doom

深刻な顔から
黄色の楕円が生まれ
そのまま
荒川を渡る

「・・・ニチハ・・・・ニチハ」

失われた週末
野菜の変死体
その解剖図を片手に

失地回復

凡庸なミステリの
捜査線上に浮き上がる
蒼白の薬玉

――ホワイトアスパラガスが脳に刺さっていた

乱高下で飾られた
破綻のアーケードを抜けていくと
「清々しい」の読み方がまるでわからなくなる
（なんちゃってがくっついてくるのです）

穴だらけの手帳に
樹木たちが
転倒する

耳の隙間に
ハクビシンが溶けていく
不渡小切手を
電灯に翳して
飛蚊症が舞い上がった

ずっとそれから窓を見ていた。
ずっとそれから窓を集めている。

わ・た・く・し　という、物質が、ただ、おどっている
だけではないのか

自分の書いた無意味に殺されるということがある

（ヌケ）

縁のない庭に迷いこんだ

翼の退化した天使は
屎尿ばかり散布していた

（目を二度殺し、跫音を消し…）

回廊から／　／ハタンキョウへ、
度々、合言葉を喪失
褥瘡のビブラートを、（バルコン）に吊って

「うみうみたい」という斑の死

――断捨離がとまらない

イチ、ニノ、サン、

『たぶん悪魔が』

古郷の
薄ら寒いガーゼの下に
黒い瘡蓋
堰が壊れて
河も壊れる

「だが、いつ何時でも、髭をきれいに剃ること」

午後九時
かざあなからきこえてくる
オマエハウシロダ

全身から白い煙が

テンラク？
陽気な言葉だ

「遅刻の理由を長回しで聞かせてくれ」

眉間にぐるぐる回る犬の影

もう飽きたわ

黴臭い劣勢の夕焼け
わたしと、わたしが
刺し違えるのを見守る
荒川、その彼岸を
茜色に割るときは
指先に灯るだろうunionの幻影を
あえて剝製の悲惨に埋め
巻き戻せ
苛立つ冬へ

絶対にここから進むべきではない

絶対にここから飛ばねばならない

雲が罅割れた
風が起こった
乳母車が倒れた
餓鬼が枯葉とともに
渦巻で踊った

息を殺して。

この空隙に、与えようか
崩れた名を
通天閣のような
恥知らずな名を

hopeless shuttle run

、、、祈りが事故る、、、、　オンナノコがゾウさんにドボン、、、、「マカロニを通って行け」、、、、お前にはがっかりだよ、全身テロップまみれで、、、、　ティッシュの減りだけが過激だ、、、、コノヤロウコノヤロウ、、、、　ジェリー・マイ・ハートがふた桁台を記録、、、、　鼻を啜ると耳からトンブリが出てくるシステム、、、、「もう洗い物はしない」、、、、　ナイスガイのタマヒイ、、、、トロンとした目で暴走、、、、　公衆便所の鏡にタマヒイ、、、、　生まれたよ、、、、　炒飯の大盛りが、、、、「とどめを刺せ」というのか、、、、　dive into ethica、、、、　エキチカのナイアガラ、、、、あと２００ccの上機嫌?、、、、　はしっこにノックノック、、、、　絶壁に向かってカクテキが転がる、、、、　ラディカルに太った、痩せた、、、、　いないいないばあ、、、、　ペットフードをキロ単位で腹に詰める、、、、、　ヨウチュウしています、、、、　なんやねんブールバードって、、、、　幸せですか、徳の高い中華そばありますか、、、、　背中から貫通するよ、、、、　謝らないと逮捕するよ、、、、ペヤングブラザーズ、、、、お前は批判に耐えられるか、ほんとうに批判に耐えられるか、、、、the next station is、、、、アオミドロの散歩の果て、、、、団地の一角でクリスマスしてたよ、、、、ルラビー、、、、胸にざっくり鉄パイプが、、、、払い下げの熱帯魚が、、、、季節がバッキバキに骨折、、、、遊覧船に揺られロータリーをぐるぐる廻った、、、、片っ端からローリーローリー、、、、ゲソ天に会いたい、、、、なんかじゃない、、、、なんかじゃない、、、、ナサケナイ、、、、ビリヤードをバリヤードと見間違えた、、、、そしてジャグリングは始まった、、、、「明かりはもう消しなさい」、、、、わたしはこのまま永遠に歩き続けるかもしれないって思いました、、、、うそです、、、、コールミーモロヘイヤ、、、、and fix me, fax me、、、、ハイライトを深く吸い、、、、「くたばる」に全神経をbet、、、、雀荘でシャングリラ、、、、「ハイ、デイブ」から始まる通俗ラッシュを乗り越えるよ、、、、脂肪抽象?、、、、胃を半分切除した男を捜している、、、、残った半分は深夜の学習塾に未だに通っている、、、、回送列車で裂けるチーズを贈るよ、、、、軒先のサイケデリックやめろ、、、、「歯痒い」はキモチワルイと読みます、、、、川と合流しよう、星は無理だと思う、テオ、、、、膝が折れて虫が湧いた、、、、橋を渡ってこのまま商店街のほうに突入する、、、、でも工事箇所があって心臓に悪いよ、、、、疲れることだ、疲れてしまうことだ、、、、どうせ家に帰ったらブチ切れられるだけだ、、、、お前のような小心者の肋から生まれるわけがないって、、、、睡眠導入時にミイラみたいに乾燥してマッチ箱に収まるほど小さくなって、、、、っていう現象を説明してくださいよ、、、、存亡をかけた萎縮ですね、そのうちサンガリアがぶっ倒れるよ、、、足の指毛から生まれたんじゃなかったか、、、イドに刺さる枝毛を一本一本抜いていけば一部回帰するのはミミズ腫れのmementosにすぎない、、、アンヌ、、、あなたはアンヌだ、、、そしてアネット、、、アミ、、、さらに変異体のアニー、、、流木がほとんど恋愛にまるまって脳挫傷を被る岸辺、、、ぷてぃ、、、ザブンたち、、、ユビゲたち、、、持続的な豊胸手術を施せばこの空想左官詩集もハイドロとなって鳴かず飛ばずのウグイス嬢となるだろう、、、エンペラーと聞いてエンガワを思い出すわたしは幸いまだ生きているようだし、、、動脈のリボンを、、、反転流の前線に、、、これもドラッグストアか、、、倉庫に眠る「さめざめ」を危惧する、、、一篇のポニーテールにソソガレル流血のような悲鳴を、、、泡状で出てくるのよ、、、や、さ、し、すぎるんだよ、あんたも、あんたも、、、褪色化するニスにはニスを、、、「幸いまだ生きているようだし」がルラビズムの原理原則でして、、、ぷにす?、、、裏表紙で燃えているのはトチオトメ、、、海?、、、人肌程度のスキムミルク、、、さあ一緒に数えよう、、、あなたはアニーで、わたしはエニー、、、わたしは、エニー、、、二人はイレギュラー、、、三人では自滅的ディスコ、、、四人目以降はシャンタンスープ、、、

ケイドロケイドロ

、、、　マフラーでは向こう側に行けない、、、、　あったかいから、、、、　ロングver.のおまえ、、、、　懐かしくもない、、、、　あー、、、、　しもた、、、、　笑顔を霜降る痩せた男、、、、　が嫌いです、、、、　あの頃のわたしはやがて甘夏も降るだろう、、、、　亡霊たちのドッヂビーのような戦いだから、、、、　歯にもやさしい成人の、、、、　お茶会なの、、、、　青い注射を各自持参して、、、、　赤い専門生が花粉症に怯えて、、、、　oh, doctor pepper、、、、　polish me to a shine、、、、　大富豪とか大貧民とか、、、、　屈託なく飛び出て、、、、　辣腕家のさじ加減一つで、、、、　踊れるものか、、、、　ここを跨ぐと、、、、　完全におしまいだ、、、、　赤字覚悟で「現代ポシェットの父」か、、、、　千差万別の余談が発育し、、、、　いつだって軽率でいきますからね、、、、　A君はトンズラ、、、、　Bさんへの愛には、、、、　デリンジャーが光った、、、、　「さて、露出してくるわ」、、、、　予定外のコネクションは、、、、　寂しいだけ、、、、　亀甲縛りが早食いに挑戦、、、、　だから早く、、、、　平均台では頬を洗って、、、あとはスコッチで眠らせてね、、、どこもかしこも不用意なジャングルジムだから、、、君の落ちぶれかたは長期的な目線で見ても、、、まいったなあ、、、出歯亀を散歩させて、、、経済新聞のサイズに収まった、、、ただの奇人ですね、、、げへへ、、、が禁じ得ない、、、なんでうす塩味しかないのか、、、もう後ろには何もないことに気づいている、、、でたらめ言うなよ、、、一歩一歩にわたしが尾いてくる、、、わたしがたくさん尾いてくる、、、ペットばかりが増えて戦争がなくなればいいよね、、、ブヨの大群、、、にほだされて、ほだされまくって、、、シースルーのプロパガンダも纏って、、、公式ではノンカロリーと記載されていた、、、VRパンツラインが高騰、、、「お前はいいカモだよ」、、、なぜ断言を持ち得るのか教えてほしい、、、双頭のツチノコになった気分でQ&A、、、ノズルを差し込んで、、、額から開示せよ、って、、、原因不明で帰ってくるよ、、、純利益だけもって来い、、、耳が痛い、、、ジャガーが耳に入ってきて、、、痛い痛い、、、「団結しない人を見つけてください」と広告に、、、プレハブの裏から、、、マルチタレント出没注意、、、お気の毒に、、、抹香臭い一張羅で参ります、、、テレフォンショッピングが、、、男女の蜜月に混線して、、、みるみる儲かってしまえ、、、『損壊』、、、という名のぼくたちの感覚の書は、、、悲しみと怒りのないところで、、、またまた、、、「ぼく」を使っちゃって、、、、ギリギリモザイクよりも脆弱な隠れ蓑か、、、ドロンパがなんとかしてくれるさ、、、低燃費が絶望と退屈を凌ごうとしている、、、あの日は黒目と白目の抗争が勃発することもあった、、

、、、わたしは筋違いからきて
、、、を胸三寸に納めて、、、、
、、たわいない初動とボーナスがほしい、、、、
、、あなたもバルバロスからきて、、、、バカじゃないの、、、、傷ついて傷つけ合って、、、、感情
がようやく始まった、、、、

薬局に降る雪

、、、　烈しい公然に、、、　前科ある手指を差し入れる、、、　情け容赦ないカプサイシン、顔面で受け止める、、、　あれは死んだ魚群リーチで、これは新しい物々交感、、、　土台無理、、、、に踵落とし、、、　白い記憶、、、　の影で、、、　回って回って、、、　アマポーラに埋もれる、、、、「味気ない人毛だ」、、、　朝が来て、鶏冠詩人が来て、、、　もうどうでもいい、、、　に塩を振っていた、、、　いつになく路肩に身を寄せる、、、　うやうやしい君は、、、　やまいだれを斜に被って、、、　多ければ多いほど、、、　ぼくは、、、　こんなものはこんなものは、、、　とぼくは、、、　thousands of slimy hopes、、、　低温調理で弄び、、、　心ゆくまで愛を、、、　殺すことができる、、、「なにか腐ったところがある」、、、　この無期限の花束、、、　を贈ってよこす、君は、、、　どうみてもアンフラマンス、、、　気心の知れたディアブロの、、、　災禍に拡がるトローチの、、、　そんなラジオ蛋白にて、、、　流水の音姫と出逢った、、、　痩身が花、、、、なんてあんまりじゃないか、、、、突風吹き曝しの、、、、使い捨てのchapter 1、、、、手折られ、、、、止血の郊外で、、、、くたばればいい、、、、が口辺に宿ります、、、、「連れてけよ」、、、、寒いサボテンも生えましたし、、、、ハレツスルミライ、、、、ください、ください、ください、ください、、、、ON-OFFのないVIDEO、、、、全方向から、、、、いじらしい異音、、、、うれしい、、、、人、人、人、、、、そして歯磨き粉のつぶつぶ、、、、と電飾の、、、、ラー、ラー、ラー、、、、に、、、、静脈を刺していた、、、、「聡明なズベ公にでもなれたらいいのに」、、、、と嘯く、、、、ぼくらはまだ、、、、緑黄色野菜の戦士だから、、、、ざーっと、、、、社風をライターでかるく炙ったまま、、、、音程の狂わない心音にくるまったまま、、、、だとして、、、、だとして、、、、静止のシャッターを、、、、ガタンと、、、、手首に落とす、、、、そうとう暇なんだと言える、、、、その粗い画像、、、、遮光カーテンに映じて、、、、つ（ま）ら（な）すぎたとも言える、、、、塩辛の咀嚼がもたらすこと、、、、不信で飽和する口元、、、、荒川に捨ててやろうって、、、、危険水位で笑っていた、、、、咄嗟に二の腕の埃を払って、、、、失地の霧に鋏を入れて、、、、鉄柵にへばりついてはなれない手をそのままに、、、、手のことは忘れて、、、、名付けられない直立を、、、、砂場にそっと据え置く、、、、ノコッタ、、、、ノコッテシマッタ、、、、無言の光芒が、、、、ふっと、、、、千切れ、、、、ふっ、、、、と過り、、、、転送、、、、してまう、、、、どないして戻るん？、、、、真昼に抜かれた背骨の行軍、、、、じゃあるまいし、、、、取っ手が取れる、、、、じゃあるまいし、、、、凡そ、、、、グラグラで、、、、やや死に絶える前の、、、やや曇りない、、、、やや壊れたピアノなんだ、、、ぽつり、、、、また、ぽつりと、、、今さらだが、、、伴侶を消して、、、そっと常夜灯を消して、、、、「簡単だ」、、、、やれるもんならやってみろだれもしないさ、、、、ひとつの不幸と、、、、ひとつの幸のあわいに、、、、猥本を開き、、、、ひどい写り、、、、ひどい内状、、、、と呟くMellow-rayたち、、、、強いて膝に乗せ、、、、二足歩行で黙過する、、、、その身軽さと、、、、疑問を疑問でふやかす、、、、正気の重さと、、、、それから、、、、持ち腐れのセミダブル、、、、目が徐々に離れていき、、、、銀色のテニスコートも生え、、、、「あやとりでもしましょうよ」、、、、ツーーッ、、、、ぼくは、、、、俺がバカだったのだと、、、、単純に俺がバカだったのだと、、、、もう認めてしまおうか、、、、と思ッタ、、、、そう爪に記録した途端、、、、頭の緩んだエキストラが、、、、どっと薬局に雪崩込んだ、、、、衒いない漂白にうなされ、、、、ぐわんと、、、、腰骨を無理に捻る、、、、その素行の悪い左半身が、、、、右半身と岸辺で輪廻する、、、、一瞬のフェザータッチを、、、、暗に想起させ、、、、ぼくは、、、、ぼくらは、、、、変わった語尾を、、、、曲がった背中に、、、、セロファンで仮止めする、、、、青みがかった辺境へ、、、、風琴刺さる辺境へ、、、、室内の夜空を無駄に痙攣させる、、、、その断面へ、、、、何が服用に値するのか、、、、じゃんけんで選り分けて、、、、一切を願った、、、、偶然毀れた曜日感覚として、、、、ぼくらは、、、、考える輪郭もなく、、、、宙返りを決めた、、、、（それは危ないことなの？）、、、、薬局に降る雪、、、、この行方なき記念日、、、、の漣に、、、、短い鶴首を並べる、、、、やさしくめざめ

なければならない、、、、

ビジョンメガネ

まだ、あるいは、ずっと、メーデー、公共圏にいることで、安心しきるような、心底から、こぢんまりと、かすり傷と、ホットパンツが嫌いだ、これからはキットカットの溝で眠るといった態度で、プラザカタストロフは新設された、「ほらこれが、君のために豪快に滑らせた足だよ」、ぜんぜん笑えない、サイドギャザーを崩壊させ、浅学を売り捌き、ときどきアルミサッシを舐めて鉄分を補給している、だからだいじょうぶ、ひとまずカーテンと一緒に揺れているのを許してほしい、そうすれば薬指の第一関節分の未来が救えるから

2018年以降あなたを責めまくったのは、雨が降りつづいたせい、なんてね、ごめん、なんの言い訳にもならないか、ナスを箱で大量に送るよ、ひとつひとつに耳をあててそれぞれの衰退を聴きとってほしい、これは最後の宿題

ハリネズミと眠剤とコドクへの蔑視が止まらないならみょうちきりんな生活のセットを購入して「今日もドクトクか」と自分に問うことにする、そしてリンリンと鳴る旧式の電話を首に巻きつけ、もろもろが溶ける、アンビエントにふやける、お揃いのパジャマで弾む腐爛の白昼夢

そうだよクルトン、祭日だよ

春はリハーサルで終わった、夏はバーモントが攻めてくるだろう、痣だらけの部屋がソフトフォーカスに燃える、寝癖がますますひどくて、さよなら、時候の挨拶よ、「深夜のカフェインから始まるぼくらの蜂起」のために、茎燃ゆ、茎燃ゆ、ってはしゃぐなよ、隙間という隙間に錯乱を産み付けて、これはチャンスなんだろ、目脂が青く発光するのはチャンスなんだろ

ミノタウロスVS.モランボン！

ホップ・ステップ……それ以降が思い出せない、押すなよ、押すなよ、から入る修羅も麻辣にして、目からゲロが吐けたらなあって、いきとしいけるもの、と書くべき時に、どいつもこいつもと書いてしまうド素人みたいだ！

あなた、という空白の歪みを激しく泣きたい気分、ジャポニカ学習帳から歌舞伎町へ、べき乗で分解を進めよう、真っ先にゼブラ柄が来いよ、ゼブラ柄がまず土下座しろ

私が私であることの有事が、君が君であることの有事に向かって突進しますように

ネバーエンディングポインセチア

「独立して轢死体回収結社を設立する」

なあそうだろ、テンダーロイン

「石膏の花束でぶん殴るよ……」

ねえミッフィー

ねえポッキー

「金輪際なにも感動してくれるな」

今日は午後四時から一緒にベッドに寝転がって砂漠を疾走する約束だったね
ところがひとり寝巻きで酒ばかり飲んで…
ごめん
台所に傾く、辛気臭いがこれもエンタメなんだ
もうすべて死んでしまって、まだなにも死んでいない、そういうことを学んだ平成狸合戦と暗視ゴーグルのクロニクル

ああ、キョロちゃんまで

「涸れた井戸を巧く利用するんだ、そういうミステリのトリックをよく考えておくんだ」
わけがわからなかった

「池袋西口の残党に会いに行こう」
わけがわからなかった

「サッドヴァケーション」という名のドラッグを見かけたら買い占めといてくれ、そしてぜんぶ処分しといてくれ、パブロン鼻炎カプセルで十分だから、満身創痍のシャンデリアの不思議、純然たる東西南北を救ってくれないか、サイボーグ「民民」の爆誕がピカピカ、ビジョンメガネを買いに行こう、ビジョンメガネってなんだ、ビジョンメガネを買いに行こう

No.7

断酒。したとして、
それがいったいどうしたこのやろう。
祈りもなく、繋げて、実業する
アイムフレームイン・フレームアウト
背腸を共和国にしているだけだから。
ほら、どうかしてる、ぼくは
例外をまるのみして、（いらんよ休日なんて）
白目が決壊——dirty riverに扮する
「モウスベキコトハナニモ」の
こんな姿はいまだかつて見たことがない

開け拷問で開くDoorsに　未済の、
手の、千の——フラッシュバック
それから激突、それから激突で…
Excelの埃でかぶれる
雨霰さん、白滝さん、芒野さん
こうした羅列に、「幸あれかし！」
無口の滓——あるいは、鈍痛のフリル
ミシン針で、滅多矢鱈に
縫って浮かぶ
「サスペンダーとスリッパ」
を星座の名とし。
これを夜間部の仕事とし。
穴、穴、穴、　（からナラタージュ…
誰も適切なサイズが見つからない——月末。
個人ばかりが尖尖しく
「牛、豚、鶏、あはれ」クルクル
ふれた、扇風機に

のたうちまわる
模造紙から
白い　珍獣。　（クイズのように
潰れた　かんばせの
（突風を思わせる）　爆笑に
ノマレ。凍エル、
異星ノ歯軋リ――に
詩を見失った
記憶さえなく、
棚から
ボン・ボヤージュが
不意に。どうして。

空洞をみつめて
一滴の明日に絶する覚悟はあるか

背く海、　晒す岸

も誤ったまま
Ｎｏ．７の廃墟が
発作する
(予感に襲われて、

右耳からブルース・ウェインがやって来て
左耳からブルース・ウェインが去っていく

こうして市民革命が。

「ぐーぜんだよ。」

(台北の寺で見た、民衆の読経には痺れた、ほんまに、ぐーぜんだとしても。広場の小便臭がよかった)

ピンサロに、
相槌を放火しにゆく。
この一夜には、

色素が、ことごとく、欠けているが、
そこに、さらに、無限回目の
「もっと　やさしく…　がめくれてあったなら、
君はまだ、立っていられるのか
からっぽのほうへ　からっぽのほうへ　また、
くわれていくのか、ビスを打っても、
底抜けの（景色が、問われている。ならば
割れた　こめかみに　ひしひしと、つたわってくる、
これは…昨日、昨日の先端、その裏
吹き飛んだままの
白いピクニック、薄い唇、限界の火――
いや、そんなものは。今はまだ…

――口の中がまるで別人のようだ

つまり――懸隔が。ダジャレが。
まるごと…立体音響で…。飛び出し、

東風を酷使する、転調、
また転調に、（ああ、悪癖と抗戦の響きがする）
エフェメラの情死も、
欠陥住宅に、縺れたまま
虚空に、＆
ゆらめく、＆
一つ、二つ、三つ…（きざはしにして、）
外れた、一本の肘の
断崖に、収束されてある
現在地の方位は
意味は、トランスは、

ビバホーム

とりあえず
GURETSUを。
ドトールの
ブレンドSを。
凪いだ水深を。
そこに凄絶を。
性懲りもなく
打ち寄せる
カタチガワルイとか
ソウゾウダニシナイとか

そういう
淫蕩を。

＊

ここにあるのは
傾いていく薄い空気
この手羽の先に
傾いていく薄い空気
くり返しくり返し午後のこれこれのこぼした水割り
典雅な邸宅の鍵束をつっこまれたような阿呆面は広がる
阿呆面は額面に広がりつづける

左眼に三本ラインが膠着し、ってそれ
割とまだセーフなの？
虚脱する頓狂の図柄・オン・図柄で
近郊のホームセンターまで

一挙に空域剝いでおくが
そうした八方破れみっともないって言うんだろどうせ
ノアザミ咲きこぼれる面積とあらば
水掻きを縫合しいまからでもべろべろで併呑する温情

ほんで滅法かけずり回るだな
まるで鉄条網で老馬を洗うようだだな

安穏に酔ってるわけじゃない美味しく呑んでいるわけじゃない
ドーミーインに転居して戻らない身体百選を
空焚きするような炉を必死に宥め
十字に括ったひとつ目で
「ああ、なんでも受け入れてやる」
といった面容の
駐車場の飽きのこないアウラ
みつめたあとは
トラマドールを過剰摂取した

なんや、お前は笑うんか

モウカラン
モウワカラン

週末だけの急進化
その開封後は
すぐさま
鳩にくれてやる
手筈となっていた

あとは
「なんも無いっすねー」を
しゃぶしゃぶでいただく

絶縁体が裂ける

ずたずたに裂ける

それぐらい知ってる?
基礎が悪いのは知ってる?
共犯するのが人生なら人生などいらない

と思われる

「些か早計ではあったが」

胸の世帯主を
密室で殺せ
そういうお告げが
冷笑の音の中
感得されている

いやあ、
それほどでも。
平日なんか、あっし
シャケ弁当を
海に
還してる
だけっすよ。

「テイルスープ・フォーエヴァー」
そんなバンドを
解散にまで
追い込んでも
ソロで
原状を回復させる
御仁の傍らで
息が
致死量の文字で

息が
できないときは
逆手で
アクセルを開き
前方ピンク色に
染めてやるから

（遷移する際
音が出ますが
異常ではありません）

双六に溶けるだけ溶けて
激しい眠気に襲われ
なし崩しの
自己憐憫が起こるなら
筋トレでもしたほうが
い、い、い、い、
ましであるか

豚饅でも頬張ったほうが
ゝゝゝゝゝ
ましであるか

Earn more money than anyone else という譫妄
コダックゴールドに沈みたまえ
そして大いに中毒したまえ
そこから分派するキリモドキ
サイドミラーに嵩増す
カイヅカイブキの
多重露光もやす
for you for you の声を
意味もなくもやす
ありったけの
保留音を鳴らす
わたしの日曜日は
死ぬためにある
死ぬためだけにあった

TWICE

クーラーボックスの角に触れて取り乱す、無理にでもくすぐられて明るくありたい、そうして二回目の祝福が通過してゆく、埃といっしょに胴上げしてくれればよい、何もかもポン酢でいける、そんな縁までやってきた

ジョンヨン、ナヨン、ジヒョ、ダヒョン、チェヨン、ツウィ、モモ、ミナ、サナ

なんの意図もない、並べたかっただけ。
そして「並べたかっただけ」が生きがいになった。

強迫するポートレイトは表面に表面に伸び上がり、

パノラマビューを殺す容赦ない潰れた鼻をしゃべる。
顔面には「顔面」という言葉の割れ方がお似合いだということをしゃべりまくる。
坊主めくりが何周も何周も巡ってくる毀損した季節。
後頭部の腫ればかりが目立つ巨軀。
愛着のない低姿勢で炸裂して、どうかおしあわせに。
綺麗に血抜きされた仰角を巡って
突如、ジャンバラヤが隙間を埋め尽くし、
どうかおしあわせに。

男の中の男は喉を掻きむしって果たして死ぬのだろうか。
わたしは喉を洗っているだけの、安定のアンニュイ・シュプールで
もうケロケロケロッピーでええということ。
「カメラに収める価値もない」
それが死活、まともじゃない、うかばれない、ずっと気分が悪い。
激写されるのは、いつも、いつも、まっぴらごめん。

最下部に点滴を打てばまだ絶句に勝てると思うのは過誤だとして

胸に手を当てて帰省するのが定石だとして
わたしは顔面パイを投函する鬱病者か、一通目に影を、二通目に火を放ち、
おまえに闇バイトで九九を反芻させる鬱病者か。
もう佳境がこなくたって構わない。
よそもんならではの破茶目茶な大喜利でbound for 抜根の。

別になんもですよ。労働労働なんもなんも。
一匹で未来派。色が変わりまくる虫。
早送りされる虫。
あかんあかんいわれてもいでまうねん。
じゅんけつなたましいあるんなら
じゅんけつなたましいかえしてくれ
めぇつぶしてみっつかぞえるあいだにかえしてくれ
たったそれだけの祈りで
クソミタイナヒカリ、ヒカリミタイナゲロが完璧に定立されて
わたしの剝き出しのゾーエーが人様の団欒まで一糸纏わず遡る
どっぷらーどっぷらーと反響する貧乏ゆすりが

家という家を震撼させる今、殖えつづけるあなた
あなたという異語がつぶらな瞳に粟立ち、
もうかなりめくれてんで、という煽動と、受動する薄明の絶望が
長く、長く、媒介するデフォルト、切れ間なく悩ましい、あなたの層が、拡張が
なぜかあかるい。明るい、だから、もう、延々と、流れる、この放送で、わたしは

「きれいに割れてしまったのさ」、「もう卒業か」、「良くも悪くも」、「ふくれっつらの」、「神々しい少なさが」、「ああ南半球」、「復讐したいんです」、「ではありません。道路になりたいんです」、「それでもこの世界のほうを」、「命法の外でうずくまって」、「疼痛」、「ツー　ツー、ツー、トン」、「風が」、「はあはあ」、「指図するんじゃねえ」、「砂利の中に口が」、「ああ疚しい」、「黙りなさい」、「ヒャッホー」、「風が……」、「ワンカートンのsilence」、「いや、ちがうんだ」、「そんなふうには泣きたくなかった」、「一日の終わりなんてどこに」、「あの乾燥剤の楽園へ」、「とてもじゃないけど」、「コインランドリー・ミーツ・酸辣湯麺」、「黙りなさい」、「景色なしで。」、「live twice like the twinkle of a star」、「サバ？　ノン。サバイバー」、「散財的」、「見えないか、聞こえないか、でも知ってるんだろ、どうなんだ」、「首筋に絶滅のピクトグラムを引き入れて」、「ポリ袋を漁ってみせる」、「無慈悲ななにかが受け止めてくればいい」、「わたしはどんな面で振り返るのだろうか」、「偏財的」、「性か、そんな言葉しかもっていないのか」、「だからわたしの後ろには誰も立たないでほしい」、「ひどい目をした別れ方だ」、「たくさん

の剝離が」、「くだらない星だ」、「あえてなんだ」、「いいよ別に」、「ぼくはぼくで路上飲酒するから」、「手首に弾丸をこめて」、「うそうそ」、「ご乱心する?」、「どっちでも」、「不確かなやつらだ」、「でもいいんだそれはそれで」、「目が二つあって、口も二つあって」、「っていう動物」、「きみの無の放縦さが怖いんだ」、「ちょっとした会話が頬の一部を削り取っていく」、「春が来るのが怖いんでしょうか」、「だからお前は存在したがる」、「しばきまわせ」、「お替わり自由」、「家を家具で育てる人間は嫌いだ」、「時計を買った、次の日に捨てた」、「何が残る?」、「tokyogaschambermusic」、「ちがうんだ」、「ナナフシノコドク」、「そうは思えないなあ」、「そうした空室の増殖」、「叢雲のなかで」、「おまじないをしよう」、「放っておいてくれ」、「いたいのいたいの」、「どんづまりを」、「こんなの当たり前じゃない」、「送話口と出血口が」、「dolby」、「満遍なく」、「欠けて」、「狂奔」

ワタシハヒトバラシダ

瓦礫の音が常時響きわたるなか蕩児は育まれる
準備はできた
失意などない
もうきみらの暗示する家には住みたがらない、消失が恋だ運動だ、ぼくは人のためにならないと考えるだけで気さくになれる、たのしい、人工の星空の頭痛、散弾の痕跡を着払いで送る

とりわけ素晴らしくもないカバのようなカバのようなスタンドアローンはいらない、「ほとんど虫食い算」に酷似するちいさな労働とちいさな徳と「慎み深い怨嗟」、床下から腐るほど湧いて出てくる、weepされてくる、無言でじゃらじゃらと同胞を排除してそれはきっと慰みになる、知人を誤訪問しつづけるボクはまともな理想がわからないのだからわからないことを誇りに思う

変身は変身のまま野晒しにしておく
魚鱗で表面積を稼ぐ暮らしに
ワレワレ「やなことあったの？」は
馴染みのない精神を学んでいる
その流域には
チッソはどの程度まで、
可能デアルカ、チッソはどの程度まで、
許容デアルカに
よそ行き顔をテレコにしてヤツレルことで
ヤガテ、異分子の口で通話し、シルカシルカの
ふたごころで毎日広告でも打ち出してみるよ
晩年の達観も
殴り殺してみて、指で殺してみて
底辺×高さはマイナスを記録しつづける
ノハイカガデスカ
そしてそのほうがキエイリヤスイのだろうか

だからなのか
ヒト、ヒトリのカラダ、ニ、他人のレバー・シロ・ハツを沈魂シ
東映で、アイシアイタイ、等速移動ノ天使ラと、売文シアイタイ、ノダ

浅ましいジゴクだけが真のジゴクだということ
伝えそびれた縁の薄い今は今を解体したまま今はもう今などではない
音のない来訪の盛り合わせ、切ない部品交換の盛り合わせ、量が、量ばかりが、内腿に伝わってくる
約2回分つめかえられた約2回分つめかえられた約2回分つめかえられた体重減のぼくが星座となって崩れるかもしれない、指が足りないのかもしれない、喜んで最終コーナーに沈もう、との染みだらけのラブレター　たくさん届いたよありがとう　コノドウシヨウモナイ音質劣化に全体重をかけて全体重を喪失する　すると　汚穢のロングショットが差してくる　トンデモナイ不良馬場ダカラ　非正規の宙から　金泥の微笑みが　痛みヒトツ分　生えて　分身して生えて　身を　天から　逆さに投じていた　ただの鯉のぼりだった

*

遺棄されたものたちのドローイング

社会によって遺棄された汚点、擦れた絵の具
折れた鉛筆の芯、チャコールの屑
偶然的なものたち
形象にすらなれない
不器用で細い、愚かで儚い線、投げつけられた不快
激しさはなく、憂鬱と絶望とささいな昏い抵抗
細やかに孤立し群れるもの
キャンバスというサナトリウムで
社会の外部の一角の
とってつけたような残酷な施設で

都市のはずれで

「はずれ」は恐ろしい
そして「わずか」という言葉も
剝き出しになった、生成りの
それ自体の暴力的露出
なんならキャンバス自体の露出
そして疵物たちが浮き沈みする感光板
数々の失敗、歴史的で社会的で個人的な
たったひとりでこう思う
「もうなにもかもだめにしてしまった」
こうして遺棄されたものたちは
なけなしの、自力で、生きる糧を探す
そんな物質的な手段など些細でしかないのだが
ちょっとした色調やちょっとした線の変化のなかに
少しの色味は少しの救いであるかのように
それしか到底できないのだから

それでも暴力的に消去されてしまうものもあり
事実というものはかくも残酷である
秩序に憧れ、ヤスリをかけられ、棄てられた
安い粗野な質のなかの、深長な
慎重な粗暴さ、あるいは、投げやりな囁き声
をどうか聴き取ってほしいと思う
抽象化された事物の簡明さに耐え抜く鍛錬によって
知恵の側の少しの火照りによって
眼を焼きつける白と黒の間に見出される気息の差異
わたしは癒やされると言う
それらの素材たちに
それらの勝ち取った栄光に
そう願うしかないのだから
光は露出した白
あまりにも悲愴に投げ置かれた酷薄な白だった
１つの、無数の
孤立させられた

（ある）汚点を
栄光にかえること
もはや動物でさえなく
死を待ち望み
それでも死に抗する
弱体の物体
制度はどこにあるのだろうか
生があからさまな形で石のように転がっているところは
度し難いほど手に余る
ただ、その余剰に息を吹きかける
あまりにも抽象的であまりにも匿名的な
エスの生産、あまりにもこんな外で？
それでも少しの音楽が必要なのだと思う
わたしの音楽　ではなく
誰かの、誰ものぞみもしない音楽
発熱した額の上で
外れた音　なんて無意味な

最後に在るもののために
そして最後を避けるためにも
伏せて鼻で線を嗅ぐべきである
エチカの雨がふる

増田秀哉 ますだ・しゅうや
一九八七年大阪府生まれ。
詩集に『零時のラッパをぶっ放せ』（二〇一七年、七月堂）。

遺棄《いき》されたものたちのドローイング

著　者　増田秀哉
発行日　二〇二五年四月二五日
発行人　春日洋一郎
発行所　書肆 子午線
〒一六九-〇〇五一　東京都新宿区西早稲田一-六-三筑波ビル四E
電話　〇三-六二七三-一九四一　FAX　〇三-六六八四-四〇四〇
メール　info@shoshi-shigosen.co.jp
印刷・製本　モリモト印刷

ISBN978-4-908568-50-3　C0092